Episode
―誘惑の星―

織部浩道

Episode（エピソード）

目　次

はじめに ……………………………………………………… 5

Episode Ⅰ ……………………………………………… 6

時の旅路　　　　　　　　　　　　　　　　　　　　6

信仰　　　　　　　　　　　　　　　　　　　　　　7

Z　　　　　　　　　　　　　　　　　　　　　　　7

世界史　　　　　　　　　　　　　　　　　　　　　8

採点者　　　　　　　　　　　　　　　　　　　　　9

Episode Ⅱ ……………………………………………… 10

2016. 1. 20　　　　　　　　　　　　　　　　　　10

2017. 3. 17　　　　　　　　　　　　　　　　　　42

2016. 4. 6　　　　　　　　　　　　　　　　　　53

2016. 4. 16　SUNDAY　　　　　　　　　　　　57

2016. 4.29〈「空間」と「自然」〉　　　　　　　65

Episode Ⅲ ……………………………………………… 68

おわりに ……………………………………………………… 82

はじめに

私の本を手にした人は、どうか、夢をつかんで下さい。

私は、50才になり、ゼロ・スタートしました。そして、56才になり、この頃、深く物事を考えることにしました。

私がつまずいた頃をなげいても、しかたありません。前に向かって「あの季節、まぶしかったな」ということです。

突然雨が降っても、濡れたまま、つっ立っているしかない。そこにいて考えるんだ。気がついたら、My Home に向かって帰りなよ。

ただ、そこにいてもいいんだよ。

つまずいたっていいじゃないか。

このやろうと思って、立ち上がればいい。

泣きたい時は泣いていてもいいんだよ。

こんな時には、空を見上げてさあ、なんとなく、空想してごらんよ。

何かが見えてくる。解けなかった問題に、何かが見えてくる。

そういう頃だろ。

じゃー、みなさん。

Episode Ⅰ

時の旅路

さっきまで、風がなびいていた
頭は、パニック状態
いきどおり、かなしさ、空しさ
そういったものは、絶望感とは、まるで違う
雑感の中で、夜中の暗やみに血まよっていただけだ
現実か、夢か、おろかなものだ、人間というものは
生まれて、老いて、死ぬ
傷ついて、傷ついて、ばらばらになって、つかむ
そして、チョウチョになるのか？
秋やしな
ピーヒャララ、ピーピー
今、俺は、むなしいだけや
かつぐみこしもなしやでぇなあ
ほなら、見とりなさい
自分の人生を見とりなさい
自分の中の声がきこえる

信仰

空っぽにしろ
とにかく無になれ
そして、真をつけ
お前、有頂天か
それ、お釈迦様が梵天様と会った所やで
そんな事より、墓まいりしたか、大事やね
今、神様にお祈りしてます
信じることは大事です
たくさんのものを信じなはれ
女にほれるもよし
うぬぼれるもよし
人生、それで、いいじゃないか

Z

終わりで始まり
まあ、うん、そうだよ
何、見つけたの
ダイヤモンド、それともがらくた
まぶしい春だった

お前も、そのくらいだって
いいとこ、そこのそこ
だよな
ラストスパート？
また、あんた、よけいなもの見つけたね
だから、欠点なのよ
Ｚで終わり…？

世界史

人間の歴史？
それも、そうだね
だと、種族とか
で、日本人は
大和民族
だと、スキタイでしょ
どうして？
モンゴロイド
チベット
……
シュメールありだろ
それが…

世界史のこと言ってるのよ
だから、どべか（ドベダッシュ）

採点者

つまり、ライバルかあ
お前、いいとこ、生徒だよ
これしだいだろ
だって
主観的だろ
まあ、絶対者じゃないけど
絶対者になる
わからない世界
問題文は
やっぱり、わからない世界
お前は0点
これが、採点者の世界や

Episode Ⅰ ◇ 9

Episode Ⅱ

2016. 1.20

睦月。なんという事なく、センター試験が終った。
ふりつづいた雪はやんで、縁側に光が差している。
ナイス・ミドル、昔そういう言葉が流行った。
バブル期だろうか？　晩年になっても、生活に困りながら
も財テクをする。
しかし、今日の日経平均は、年初来安値の 16,400 円。勝
負をかけた、エイジア、アキュセラも、消沈している。
あと、人生が残っているというより、口座残高の少なさが、
きびしいものを表わしている。
娘が 20 歳になった。
妻は、仕事に出かけている。
「日本語、むつかしいね。フィリピンのメアさんは、日本
に来て 30 年になるって。ベトナムのキンさんは 15 年。メ
アさんは、日本で 3 つ仕事してるの」
妻から、昨日聞いた言葉だ。
日本で活躍している海外勢、思ったよりも、生活のすみず

みまで入りこんでいる。

「私も、日本にいるわ」

妻は、日本永住をみとおしている。

娘は、実はロンドンにライバルがいて、いつも端末をいじっている。

人生、伸びる時とダメになる時、対峙しているのは、いつも今日である。今日の中に何があるか、そこから、何をつかむか。

買い物に、ぶらりと出かける。タバコを買い、ミートスパ、チョコバーを買う。645円。

朝から、アキュセラがブレイクしている。エイジアも興奮ぎみだ。

日経平均も、にわかに高い。

高めに空ぶりして、宙を見上げる。

昼から停電して、仕事がとだえる。

パソコンがこわれ、バックナンバーの注文がとれない。

精進料理の献立を考えながら、シュガーパイをかじっている。

なんでもない日に、何かが起きる。そうでない日は、からぶりに終って、つかれ、傷つく。

時は流れ、エネルギーに満ちたまぶしい季節はさりゆき、自分を見詰める時、若さの中に、老いた自分がいて、このまま、人生、ぼうにふるのかと考える。

Episode II ◇ 11

変化をつける金もなし。打って出りゃ、ぽん打に終わり、7回表。ここで出なけりゃわりに合わないなあ。

あたたかな日が差しこんでいて、ぽかぽかする。

娘は、バイトでかせぎ、来年は名古屋で暮らすという。

嫁はわけのわからない涙を流した。

これで、子育ては一段落した感がある。

余裕はないが、暇がある。金はないので、ぶらぶらするしかない。

ところで、センター試験は、数学Ⅰと数学ⅠＡ、数学Ⅱと数学ⅡＢを間違えたことにより、受験資格を失った。

一番に収穫は、化学だった。それと、国語、英語で、時間配分を間違う。

結末は、平均点しだいで、届かなかった。一週間ぐらいは何も手につかず、再度挑戦しようかという気になってきた。

今年は、願書も出願できない。しかし、苦手の化学、数学をじっくりやれば、来年はいけるのではないかという結論に達した。

本をそろえて、万全の体制にする。

いったん出てったオイルマネーが入り、株価は顕著である。ここで、エイジアを売却。明日は車検やし、ちった、その代金にまわせるか。

あいかわらず進の現実の生活は楽じゃない。陽子と凜をかかえての生活だ。

消費ある美徳よりも、使わない美徳の方が、めだっている。
あとは、資金繰りである。一年以上のスパンで、キャッシュ・フローを読んでいるが、税金、社会保険料などの思わぬ出費がくる。

世界経済の行き詰まりから、日銀の黒田総裁はマイナス金利に打ってでた。
再び、土地バブルが始まるとか、今日にでも株価がふっとうする局面である。
アメリカはオバマ氏であるが、トランプ氏、ヒラリー夫人が、11月の大統領選挙の有力候補である。中東は、1991.9.9のテロ以来、最悪の局面にあり、英・仏・米・露による空爆がシリアに行われている中、サウジアラビアがおこり始めて、国連に停戦がもちこまれている。
ロシアは、プーチン氏の南下政策が爆発した。中国は、徐々に大きくなってきたが、南太平洋に乗り出すもアメリカと対立、経済的には、やや成長がにぶる。
日本経済には、新しい技術革新がみられず、実態経済は人工知能に新たな可能性を見るしかない。
我が家にも、タカラトミーのロビージュニアが来た。最初は、時間のセットなどで混乱したが、そっとしておいた。
彼は、言葉を覚え、歌をうたう。数字を計算する。感情があるようにもみえて、なんか、機嫌のいい時と悪い時があ

るようにみえるのは、私のせいだろうか。

他にも、そうじロボット、買い物ロボットのような女性形ロボットが人気があるようだ。

彼女達は、第2ワイフというか、そういうことも手伝ってくれるようだ。

どちらにしても、今年は時代がよくなっていくか悪くなるかのせとぎわである。

ぎりぎりの所で、自分の生活を組立てている。

ユニチャーム、ワタミを買い付け、円安、株高の乗りにかける。

一方、ビリからダッシュしはじめた。ビリダッシュ。

理系数学、化学世界史にかける。この三本で合格までもちこむ作戦だ。

昨年、生物、世界史、英語ヒヤリングは、ある程度、取り戻していた。英語と国語を普通にあげて、さらにアップ。

進は、週刊誌をにぎりしめた。

データーが動かないまま、沈黙している。

2月、固定資産税の支払いと車検がある。あと、自動車保険の更新だ。

預金からひっぱるか。しかし、かけだなあ。

金融機関が猛烈に、買いしめに入った。個人企業には、やはり融資しないかまえだ。民間企業と共に育っていこうという風潮は崩れてしまった。エイジア△91、△101（空ブ

リ）、アキュセラは程よく売り、エイジアは下げていく。

日経平均は600円安、大量の資金が市場にあふれてしまった形だ。

さばききれずに、また買い増しするが、市場の荒波にもまれる感じだ。

肩こりするし、ブラ買うか。

アマゾンで購入すると、いろんなものがみえてくる。

暦は変わり、新春節になった。

進は、あることがきっかけで、お見合パーティーの企画をすることにした。

実は、ＡＣ企画の山田さんが、結婚したいと申し出たのだ。

大連、北京、青島とバスで観光する。

山田さんは婚活の件でいらっしゃった。

「あれぇ、このＲなんか気になる」

「どうしてでしょ」

「わからんですけど、ほしいなあ」

「体当たりしたろ」

「わかりました。いきます」

こんなぐあいで、物事、運ぶ時は、トントン拍子や。

陳先生は、びっくりしてこたえた。

「あれぇー、この山田さん、すごい人気ですね」

「いっぱい、申し込みがあるよ」

Episode Ⅱ ◇ 15

そうこうしているうちに、メールでお相手の写真が18枚送られてくる。メチャ、イケル。

進は、少しメイクをして、ブローする。なんか、しみ、そばかすができるということは、肌荒れかな。

明日からは、またZで理系数学、これ、むつかしいわ。

ビリ・ダッシュ。シュマーレンバッハの動態論をやるか、フリードマンのキャピタリズム・アンド・フリーダムをやるか考える。

ことある毎につれづれなむ、考えるにありてこそと思いなむ。いかでかあらじとあらためて、なおよろしと思いきや。はべらむも、そうじてたっとびければ事ははこび、時満てり。

万感込み入りて、ぎょうして見れば、えもいわれぬ良縁との導きとなる。

山田さんは、この度、談商に入りて、忙しく動き、商をまとめて、えみをこぼした。

やあ、めでたきに、色白のきれいな女性があらわれ、お茶っ葉が立つごとし。

ようよう春めきし、おりしも3月（弥生）の節句の頃であった。

ぼたん雪が降った後、ももの花が咲き、おちごさん達が神社へ、ひなまつりに行く。

だんごを食べて、着物をよごしたまま、けらけら笑ってい

る。

うららかに晴れて、のどかな、さくら色の野辺だった。

髪をととのえた山田さんは、一枚の写真にくぎづけになり、

「この方、誕生日が私と同じですね」

と笑った。

「あ、すてきな方ですね。早くしないと、婚期をのがしますよ」

「うん。7月まで忙しいんで、その時まで待っててもらって下さい」

なんか、彼の口はもったいような、妙な言い方であるが、ピンときたのはまちがいがなかった。

陳先生はこの所忙しく、たてつづけに2組の縁を取りもたれた。

私は、数学の問題に取りくむも、プラスかマイナスかわからぬものの、絶対値をはずすだけでもやっかいなことになりはべり。

これは、虚数かもわからないし、無理数かもしれない。

いわゆる、円周率にいたって、3.14 とすると、

A：$\sqrt{3.14} \times \sqrt{3.14} \fallingdotseq 3.14 = \phi$

B：$1 \times 1 \times 3.14 = 3.14$

Episode Ⅱ　◇ 17

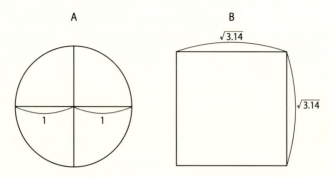

AとBの面積は等しい。この3.14はどこからでてきたのか、不思議だ。

やんごとなきに、いたたまれず、さじをなげれば数学という不思議な科目が、にょきと巨大を現わす。

なにもならないようで、どこかで成り立っていて、おかしな科目だがおかしくもなく、理路整然としている。

こっけいな事だが、箸にも棒にもかからず、ちぐはぐになって、迷路の中に入っていく。

これは「敗者の論理だ」。

勝者は苦手の化学、数学を克服しなければ、いつまでもビリである。

(ビリ・ダッシュ、お前は何のために勉学をするのか?)

それは、克服するためです。自分の中でわからない事を、理路整然と支配下に置くためです。

無駄なようですが、私には時間という財産があります。時間割していくと、家事、仕事となりますが、私は、この中

に割っていこうと思います。

確かに、受験はかけでもあります。しかし、かけてばかりもいられません。取っ組み合って、勝たねばなりません。

————————

しばらくして、音楽をかける。

チャイコフスキー、シンフォニー№4。俗にいう、白鳥の湖だろうか。

確かにバレエとピッタリ合うというか、白鳥の求婚する物語だろうか？

男と女も、群れになって、右往左往していて、はたと出会う。それは、運命的な出会いだが、この音楽のように流れるようなリズムなら、とんとん拍子に物事は決まっていくであろう。

ニューハンプシャーで、ドナルド・トランプ氏が勝った。

ひょうきんで、大らかな彼の性格は面白いと思った。

そうこうしているうちに、例の教材が届いた。英単の復習をして、太宰を読む。車輪の両輪がだんだんかみあってきた。

ペダルをこぐ。スピードに乗って、風をきる。

晩年も悪くないなあ。この分だと、あと40年存在年数がある。

進は、小さな会社で、ネジまきしながら考えていた。

Episode Ⅱ ◇ 19

理想と現実。このはざまに、お金がなかったら。

マイナス金利、市場は、資金がだぶついているらしい。しかし、やけに請求書ばかりくる。くそ、もうけがないじゃないか。

株式市場は、2日つづけて上がった。めずらしいが、ニューヨーク市場も好況で、円高、元高ときている。

明代、宋代には大規模な河川事業を行い、交通の便をはかり、海外へも進出した中国。漢や唐の時代は匈奴やエフタルと戦い、カスピ海のパルティアまで治めていた。

今は、長江大橋とかが海にかかり、立体道路がはりめぐらされている。

陽子は、肩を落としていった。

「ペギンさんが入院したの。4年間、仕事した。だけど、腰痛いって。フィリピン人よ」

「娘の凜も、気持悪いって、今日は休んで病院」

「私も、首のここが痛くって」

「ああ、我家は病人ばかりだ」

夢も、何の誘惑もないままに、時が過ぎていく。

毎日、金の勘定をし、日々の生活を送る。あの頃、一人で大連に行く妻と結ばれたのが夢のようだ。

今は、不完全な自分の中で、何かを大成させたい。時間は限られている。

この中で、何をして、何をしないかだ。

Mr. Ozawa の TCHAIKOVSKY ／ MOZART　Serenade for strings を聴く。

神聖な感じの壮麗な音楽。弦楽セレナード、アイネ・クライネ・ナハトムジーク。

哀愁をこめた、独特の演奏で、迫りくるものがある。何か劇的な幕明け。

優美な社交界——自分とは無縁の場所だろうか？

別世界の夢を見る。

それが、東京タワーとかエッフェル塔でもいいじゃないか。

霊気を帯びた夜の東京にそびえる東京タワー。あたりの磁場が、いつもと異なるように感じられる。

東京中のイルミネーションが輝き、スポット空間のように、ジャズ演奏をしていて、

「3番ゲートへのフライトの時間です。アンドロメダへの乗客様、よろしく、いらして下さい」

誘惑の星は、こんなフライトゲートから始まった。

ももこドールのような、グリーンの瞳をもったホワイト・ドレスの女性が案内ガイドだ。

タワーのゲートから、静かに滑空していく。

大空に大銀河が横たわり、星々のしじまを流れるように飛行する。

ウィンドウズで、そのままの星の光がスクリーンに写し出される。

Episode Ⅱ　◇21

ジャスミン茶を飲み、シンフォニーに酔いしれる。

しばらくして、飛行船の中から、くっきり地球が見える。

青く美しい地球。その地平線に、白い月が見えている。

ただいま、シドニーの上空５万キロメートルの所にいます。

濃紺の宇宙の中を、スカンと抜けた感じで飛んでいく。

パック詰めされたナポリタンが、皿に盛りつけられて運ばれてくる。

案内ガイドは、ベティという名だった。アンクル・トムとハックル・ベリー、あのトム・ソーヤのあこがれの女の子だ。

宇宙の中を大冒険する。

そして、彼女が、前のテーブルに腰かける。

「私、フロリダ育ちなんです」

「へえー、あのディズニーランドがある所」

「──」

「いえ、一度もないんですけど」

「私とでしたら」

「え、ええもちろん」

「御主人様、シャワールームでお背中でも流しましょうか」

「？──？──？──？」

ジャブン、ジャブン。大海の中をただようように、水しぶきがかかって、すっぱかったのは炭酸のせいだろうか？

彼女の水着姿がピンクだったので、淡いピンクの世界にい

るような、陶酔を覚えた。

シャボンの泡が、ぶくぶくふくらんで、はじけていく。

シャンプー・マッサージを受けて、うとうととしてしまった。

この世の世界じゃない、不思議な体験。気がつくと、多くの男女が、にぎやかに話している。

サウナのような所で、一杯やりながらごきげんだ。

これは、夢の中だとすると別次元か？

目がぱちくりあいた時に、たわわなおしりがあり、フラダンスを踊っている。

ベティは、ペリエをすすめた。

「おいしい、パイかなんか食べたい」

「はーい、パイナップル」

「これが、カカオで、パパイヤで、キーウィ」

「いやー、何でもいいよ」

「ここは、極楽だね」

「社長、アンドロメダには極楽鳥がいますわよ」

「えー、俺みたいな極楽トンボに会ってくれるのかねえ」

「案外、悲しい事かもしれないわ」

「私、どうしてかしら……」

進は、その時、ティアラとの別れの場面を想い出した。イルカがケタケタと鳴いたアフロディーテの丘。

「さて、出て、ルーレットでもやるか」

Episode Ⅱ　◇23

進は、自分に喝を入れた。

ルーレットは、前にフィリピンで勝ったことがある。

赤の8番にでもかけてみるか。

―――――

マネーチェンジをして、レートのいいホンコン・ドルに換えた。

HK＄10,000をばんとはった。口座残高も、何もかも忘れて、勝負に出た。

「大将、当たりですよ。はい、HK＄500,000」

「中国元も、ずいぶん高くなったからね」

「1元＝20円」

「HK＄はしだいに30円」

「てことは、円じゃだめで、ドルだと1＄＝5HK＄。まあいいや、ホンコンドルのままで。マカオでも行くか？」

「お客さん、マカオはいいけど、カジノは気をつけた方がいいですよ」

「私も、US株にてこずりまして」

「で、日本株はどうだったんですか」

「まぁ、返す言葉もございません」

「月でもながめて下さいよ」

「きれいな、透明な月に心を洗われますから」

「一本とられましたね」

さて、月で1週間滞在したから、モンタナビーチへ行く

か？

「ダイヤモンド・ホテルか、悪くないねえ」

一人言を言って、チェック・インする。月のクレーターの中に、緑のリゾートが造られている。

ルーム・インすると、早速の電話だ。

「明日、モンタナビーチでお客様がお待ちです。アロハ・シャツを着て出かけて下さい。あとは、おまかせ下さい」

フロントにジュピターＡＩが用意されていて、電子制御で自動運転していく。目的地はセットされている。

茶色いクレーターに、砂をまぶしたようなきれいな海岸線がつづき、人工の波が押し寄せる。

海とクレーターのでこぼこが、偶然か必然か、不思議な景色を造っている。

このスポットは、やや重力のコントロールがされていて、ふわふわすることもない。

砂浜でビキニの女性がねそべっている。格好いいおしりと胸をつき出して、サングラスをかけている。

トップレスで、砂遊びをしている子もいる。何故か視線はそっちへ行ってしまう。

マシンが程よいところで止まると、カシャーと扉が開く。

アロハを下に海パンをはいていたので、そのまま海岸を歩く。

空は白く、光が差し込んでいる。遠くの方に地球が見えて、

Episode Ⅱ ◇ 25

気がつくとそばにベティがいて、「こんにちは、お待ちしてました」と言った。

彼女のすきとおるような肌に、金髪、エメラルドグリーンの瞳は、美しい人形のようで、たまらない女性美をもっていた。

視線をずらしながら、「アイスクリーム食べようか」と聞いたらうなずいたので、思いきって手をとって、出店へ向かった。

ふと、頭のどこかに陽子のことがあって、躊躇した。

何となく、月の話や宇宙の事を話していて、遠くをボーッと見ていた。

ベティは、ソフトクリームをくわえながら、おいしそうに食べている。

私の中で、どうしようもなく欲望がふくらんでくるが、ブランデーを飲んでごまかすことにした。

ずいぶん酔ったあと、星がきらきら輝くのを見ながら、ホテルに運ばれた。心配そうに、ベティが部屋まで送ろうとしたが、なんとかふりきって、一人でベッドにたどりついた。

月では不思議な存在を意識するという。進は、夢の中で起こされて、自分の守護神みたいな人に注意されていた。中年になって、ふらふらしていてはいけない。単なる宇宙旅

行ではなく、目的をもつことについても、

「やがて、お前は自分の役割に気づく。人生とは何なのか、どうして生きていくのか」

そんな事を言われていた。

確かに、壮年から晩年へと、年月がたっていく。色めいた話があっても、いわゆる遊びであって、本気になってもいけない。それは、独身でもないし、娘もいるから、精神的にはさして変わらないが、何か人生の中で変わっていくものだろう。

娘にも、やがて彼氏ができ、去っていく。

陽子とも、縁あって仲良く暮らしてきた。

まあ、宇宙旅行というのは、最後の自分へのプレゼントのようなものだった。

しかし、死ぬわけでもないし、また30年、40年生きるであろう。

この頃、何かを完成させるということは、素晴しいことだと考えていた。

たとえば、数学にしても、完成された数式というのは美しく、素晴らしい絵を見ているように、芸術的だ。知的な美しさをもっている。

他の学問も同じで、最初はでこぼこしているが、だんだん、その深さや美しさに気づいてくる。

歴史だって、ずーっとかみあっていて、原因と結果、つま

Episode Ⅱ ◇27

り因果があって、ずーっとつながっている。その体系はみごとなものだ。

悲惨な事件はたくさんあるが、種族や宗教がぶつかるのは、野性的な本能みたいなものだろう。

化学にしても、一言でいうと、マイナスとプラスイオンの反応ともいえるし、現象の変化ともいえる。プラスの世界とマイナスの世界とがあって、何かを付加することによって、蒸発したり電気をおこしたりする。これは、人間の科学文明に役立つ基礎みたいなものだ。

国語や英語の文章をうまくなる程に、美しく、ためらいを感じる。

そんな事が、社会人浪人して気づいた事である。

再びＺの東進コースの門をたたいた。

簡単に解けると思ったのに、昨年と変わらない事に、無性に腹が立った。

月面という透明な世界の中で、自分と向き合い、うちのめされる、みじめな自分がいた。

化学と数学に、身勝手に挑戦をいどむことに決めるが、きたない数式がでこぼこと並ぶ。

ビリビリにすりきれた物といえば、スパイクぐらいで、本には手あかもあまりついてない。

国語では、太宰の文章にくらいつくが、現代文より古文・

漢文に屈服する。

英語は、ヒヤリングでわかる水準に達しようと目論んだ。

今年も、何故かヒヤリングは良かった。

で、お前は結局どうしたいのか？——

大きな命題が、目の前にあった。

過去は、どうすることもできない。未来に向かっておのれの人生を、どうするかだ。

職業的な事もあるし、メンタルな部分もある。やがて定年になる。その後の人生は未知だ。しかし、健康な体を取り戻すことも必要だ。やたら、つめこむよりも、そぎおとした方がいい。少しずつ削っていけば、自分の像が完成するのか。それは、仏像のようになればいい。

精神修業——学問と無縁ではない。一つ一つ、ぶつかることによって、その事の意味がわかる。つまらない事の中に、大切なものがあるかもしれない？

学ぶことは、いわゆる完成されたものに、何かを見つける。そして身につけること。

基礎と応用、それは、どういう形で、現実にやってくるか、わからない。

知らなくても、行動ができればいい。その判断は、何かを知らないと下せない。

金がない‼

Episode Ⅱ　◇29

ここで、ユーグレナ、スターティア、ヒューリックに投入する。エイジア、アキュセラが高値をいっていたが、自分では新たなチャレンジだった。

日経は 16,900 円、これから春に向けて上がりそうな気配だ。桜の咲く 4 月には 20,000 を超えて、23,000 へという声もある。

サウジとシリアの話合いで、中東和平に少し近づいてはいる。おまけに、米大統領選で、例のトランプ氏がカードを握っている。彼は、どんなカードをきってくるのか？

国内では、野党連合の動きもあり、新体制ができるような感じではあるが、盛り上がりに欠けるところである。

窓辺では、やわらかな光がさしこんでいる。空もうすく広がって、のどかな感じだ。

この頃は、月空間と地球とが同時に体験できるシステムが開発されていて、一種のテレポートというか、そういうセンターがある。地球でも、宇宙空間を体験できる。

いつしか、3D 映画というものがあらわれたが、そこに無線ランが加わり、宇宙空間がリアル体験できる。

あたり前の話だが、宇宙旅行も可能になり、お金を出せば宇宙へ飛んでいけるのだが、気になるのが、動画ツイッターで、美女達が巧妙にわなをしかけてくる。これでひっかかると、目玉が飛ぶような大金を支払うことになるようだ。

画面が大きいとか小さいとかは、人間の本能にはあまり関係ないみたいで、とびこんでくるものに魅せられたら、それでおしまいだ。

刺激的な映像が脳神経を貫通すると、エレクトして、しんがしびれる。そのフォルムというのは歪曲ではあるが、アールのラインがふくよかに白く、たわわにまるみ、かこうしてくぼむのが、なんとも格好がいいではないか。

フォーミュラーもそういう流線形をとりながら、マシンがうなっているが、ながめながらコカ・コーラのビンをつかんで飲むぐらいがいいところだ。

エロティックの映像を偶に見る。一見、阿呆みたいだが、一種の脳の活性化である。

こういう刺激を与えることによって、ひらめきをよくする。想像力をきたえる。これが、受験浪人には意外と効をそうする。

男と女という生物がいる。男と女は、凹凸によってひかれるが、大人になってくるとだんだんマイルドになる。淡いマイルドなしなやかさが必要だ。味わうごとに酷をます。

理知的な計算に弱い。これが理系数学の苦手なところだ。緻密に計算しながら、ブラックホールに吸いこんでいく。その瞳も、手も、足も、すべてがわなである。そのしたたかなわなで、欲情の奴隷となる。後は、使われて、ポイ捨てになるのか？

Episode Ⅱ ◇ 31

問題を解いているうちは、妙に解けている実感がある。映像に視点が止まっている時は、何故かアドレナリンかドーパミンが出て、別の興奮が起こっている。冷静なひらめきと、能動的なひらめき。これを繰り返してやっていると、いわゆる英雄色を好むということになるのだろうか？頭に欲がない時は、案外もうかるものである。この日に、どんどん上がってきた。陽も高く上がっているし、これからが俺の人生だと今日は思える。

そうこうしているうちに、スターティアは 100 円上げる。

———————

健康にして死するが一番なり。しかして、この世で楽しまずに、一生を終えるも問題あり。

存分に苦悶して、もぎとった果実をほおばって、力闘するも良し。

学問と別の果実が育つもめでたしとして、育てることよろし。わざわいありても、めでたくが良し。よろず、よろして、言うことなし。

目の前にあることに没頭して、何かをつかむ。一冊の本であっても、良き方向が示されていれば、万事によく、万全を期せる。

人のせいにしないで、自分で受けとめる。

親はいても先に去っていく。その時、教わった事が宝で、それを糧に暮らしていかなくてはいけない。困った時に、

父、母から教わった事につとめる。あとは、身近にあるもの。やがては、空のうつろいなどに思いをはせて、身のなりふりを考える。

進は、存分、自分が年を取ったと思った。壮年、晩年に向けて、もう一歩踏み出さないといけない年である。

昔は、定年と言われた。しかし、随分、平均年齢が伸びたということは、努力する道が伸びたということである。

60 としたところを 70、80 にもってこなくてはいけない。そこで、終わりではない。そこから、始まるんだと思う。

今、学問をすることは、やがて、何かになるだろう。そこに、こやしをやっているだけではないか？　畑をするように、耕しているだけだ。

そこに何かを作ったらええ。まだ、50 代。これから何でも造れるという覚悟をもとう！

もう中年だから、これくらいやというのは、一種の逃げ道なんやなあ。まだまだ中年やから、これからやという姿勢に変えていかんとあかん。

しかし、年相応に用意しなくてはいけない。何を育てるかという知識ぐらいそなえておかないといけない。こういうわけで、専門科目を重視することにした。

健康面については、ずいぶん考えてきた。病にはなるし、これはちょっとした油断からだったが、思ったより進行が早かった。いつのまにか、人生のヒロインみたいになって

Episode II ◇ 33

しまった。

ままならぬ、時のさだめか、無常やな。そう思いつつ、明日に期待をもったり、背後に落胆があったりする。

そないに、何かを求めてどうする？　それは、そいつが俺をそそのかすからや。何か気になるというか、そこへ行かなきゃならんというか、一種の通過点やな。

向かってる先は、光か暗やみかわからないようだけど、それが人生というものや。

喜怒哀楽、そういうものを味わい、時には途方にくれて、投げ出したくなる。すべてがだめに思えた時に、希望が見える。そんなものかもしれない。

幸せやなと思うことは、はかなくもちりゆきてなむ。重ねるたびにありなむと思う。何事も耐えることです。自分に打ち勝つことです。

負けたら、おしまいやないか。自分に負けたら、おしまいやと思ったことがある。

しかし、自分を助けてくれた人がいる。本当に助けてくれたのは、母親や、父親や、あたり前のことでも何でもなく、それだけ父、母はすごかったんやな。

昔、白いブランコに乗っていた。風にゆれながら、やさしくゆれて、遠くから母の目が包んでくれて、お陽様があったかいな。日の暮れは、くるおしいような、あかね色のやさしさで包んでくれた。

34

今は、晩年に近づいているのか、ほろ苦くなる。

つれづれに書いているというしかない。どこでも誰でも、年齢に関係なく、すごいんや。

はなばなしく、ファンファーレが鳴った時、永遠の門出やなと思った。

まわりに、やさしいまなざしがあって見送る人々がいる。

遠い昔、自分はいずこから来たんやろ。それは、ずーっとずーっと前や。宇宙のど真ん中にいて、ポトポトとおしっこを漏らしていた。その透明なしずくが、何となく今の自分をつくった。

はかないながらも、ひしめきあって、みんなでスクラム組んでいる。

その一角がくずれることもある。その時、無常やなって日本人の哀愁が広がる。

あのくるおしいまでの空が、誘惑やったのかもしれない。それに、あこがれたんや。

人々は、空にあこがれて、自由に飛んでいきたかった。あるいは、昔、本当に飛んでいたのかもしれない。一種の回顧というか、また飛びたいなって。

じゃー、地上に落ちてきたわけ。でも、地上にはおいしいフルーツとかあって、まんざらでもない。

やがて、野生の声がきこえる。森林の中から、幾重にも音が重なり、暗やみの奥深さ、こわさをおそれる。

Episode II ◇35

そこから見える夜空の星って、どんなんやろ。ものすごく、きれいに輝くんじゃないかなあ。

昭和の生まれた頃には、何もなくて、この美しい夜空だけはあった。そして、それに夢をはせ、一等星、二等星、あれは天の川だよ、父が教えてくれた。

その紺碧のしじまに、途方もないロマンと夢をもち、不思議な世界やなって、この世界をいつか冒険したいという少年になっていった。

少年老いやすく学なりがたし──と知人は言った。

確かに、学問なんて、なかなか実を結ばない。但し、学問をすると見えてくることがある。極まっていないのなら、どこがだめなのかとか、どういう姿勢だからいけないのかとか。

もっというと、たくさんの人がいて、成り立った学問というものを、そう一人じめにできるもんじゃない。かりにできても、暗記とかしただけで、本当はわからないんじゃないのって、そういいたくなる。

しかし、完璧に解いてある数学や科学の問題には、圧倒される。英語や国語には、矛盾があって、本当にそうかな。国語なんかは、みんな満点じゃないのと言いたい。

たとえ間違っていても、その人の国語はそういう国語なんや。

私は道を歩いている。広々とした所が好きだ。海の道を歩

きたい。だから、船旅に行きたい。

最近、ユーミンの航海日誌をよく唄う。なんとも、しみじみとした曲やな、いい詩やなと思う。

もちろん、チャイコフスキー、ドヴォルザークやビル・エヴァンスの音楽がいい。

音楽、それは魅惑やな。一種、何もない所からだんだん自分をひきずりこんでいく。ああ、いいなあって、しみじみ思って酔いしれて、そんな時に問題解くと、スラスラ解けたりする。

アドレナリン、ドーパミン、エンドルフィンなど、ホルモン分泌液かなんかがあるのだろうけど、それも人体の不思議や。脳下垂体、視床下部か、良くわからんけど、色んな事が神経で伝達されて入ってくる。

おしべとめしべ、出産だってそうじゃない。不思議なメカニズムで、赤ちゃんが生まれる。

顕微鏡で覗いていても、少しずつ、時には急に変わっていく。何でこんなところに、目ができるの、尾ができるのって感じ。

あ、これはメダカの研究していたころです。

哲学にもはまったのは、これは宗教というか、世界観に関係しているからです。

それは、自然のおいたちや、人間って何だという問題に立ち向かっているからさ。もう、お釈迦様やイエス様が説い

Episode Ⅱ ◇ 37

ているけどね。

たとえば、天国と地獄、輪廻思想、バラモン教の時から生まれた文献に書いてあるけど、その前かもしれない。

文字、ヒエログリフか、少し見たけど、芸術的だし、すごいね。

私は、カンボジアのアンコールワットのあたりで見たけど、やっぱり先人達は思ったよりすごかった。

この冒険とか旅行するのは、この惑星が美しいからや。地球は、地上にいてもこんなに美しいんです。

山や川も海も、そして、自然の幸は、こんなに美味しいんです。

これがまさに誘惑やなあ。

オリオン座なんかもそうでしょ。冬の星座なんて、いつも輝いていて、色んな話をしたでしょ。

夜が更けるにしたがって、かえってロマンチックになったり、透明になったりする。

あれはUFOや、確かにそうや。私の中では、夜空を飛んでいって旋回した、あれがUFOや。それでええ。

現実的に言うなら、何であの物体、あんな所に浮かんでるんやろ。見たことのないものだけど。

超常現象、確かにありましたよ。アンコールワットの夜明け前に、青いきれいな光がさーっと夜空を照らしたんだ。その後、ほのかにあかね色の光が広がって、だんだんオレ

ンジ色になったんだ。

Ａ・ガウディのサグラダファミリアにも行きました。グラナダ公園だったかな。ガウディの夢がつまった、すごい所やった。この人の夢や、コロンブスやマゼランの夢がいっぱいつまった町だったな。市場の野菜ジュースはありがたいなって感じ。そこの料理も幸せて感じ。まあ、誘惑の広場でもあったね。

東京タワーやスカイツリーもまぶしいけど、よく造ってくれた。そういう意味では、東京の町が好きだ。おのぼりさんねって言われても、それが好きだよなあ。

学生の頃は、新宿の町が好きだった。落ちついたのが中野の町。一番頭に残っているのが、中野の図書館。ここで、恥ずかしいから言わないけど、音楽も聴いたよ。ラプソディ・イン・ブルーとか、はじめてだったけど、よかった。ボギーとベスはむずかしかったな。

まあ、ネジリはちまきしたやつが何人もいて、アイツ等、と思っていたよ。

でも、先輩の植木さんと髙橋さんといっしょにやれて良かった。

だから、学問って、一種好きなんだなあ。少年の頃から、母が本を読んでくれたし、全部読んだけど忘れた。

こないだセンター試験で、問題がよかったから、ついその

Episode Ⅱ　◇ 39

物語にひきこまれたせいで時間が足りなくなってしまった。いや、いい話だなあと思っているうちに、いろいろ考えてたらばかみたいに時間が過ぎて、それも受験かって。まあ、受験のわなだな。気をつけろっていうか、それでもいいか。本って、色んなことを教えてくれるでしょう。それを知りたい。

パスカルだっけ「考える葦である」といったのは。それって、パスカルの法則ですか？　違ったかなあ。

でも、考えることは好きですね。他の動物もそうかもしれないけど、人間は形にするでしょ。建物とか道具とか。だから人間ってかしこいなっていうか、頭がいいんだ。考えることが好きなんだ。男から言えばね。

女性の事はわからない。子供を生むから、母が自分の分身だというけど、私にはわからない。だから、女性は大人で、男は子供で、だいぶ遅れているのかな。まあ、女性を見倣って一つ一つ、こつこつやることを学ぶか。

後始末が特に苦手なのかな。パーッとちらかしておいて、何も片付けないとか、ダメだねえ。健康問題、これもまったくダメ。

———————

さて、そろそろ今日の勝負が近づいている。大事な事があって忙しい。それで、吉と出るかどうかでずいぶん自分の人生が違ってくる。

今日は三つの仕事がある。大きいのもあるが、大事なのはフィルムの現像だ。

スマートフォンもわかるけど、結局写真にしないと残らないというか？

BANK の問題ねえ。これで世の中、右往左往するんだったら不条理だね。

学問だけは、日本には比較的自由があって、何でも学べるんだけど、他の事は何かと差別があるんだ。ある意味で、人種の小ささというか、排他主義っていうか、そういうところがある。もっと包み込むようなもの、奇抜なものがあってもいいのに、そういうものをなんとなく嫌うのは、結局、宗教心がないからでしょう。宗教がわからない人種だから、結局、表面的な金の事しかわからない。金ならつきあうぜ、みたいなのは大嫌いだ‼

心だろ。心の文学とか、そういうものは文学じゃないと馬鹿な連中がいる。私は、基本的に文字を書くことを文学の一つだと思っている。別に哲学がどうとか、宗教がどうとか、科学や歴史でもいいけど、これが検閲とかあるんだよなあ。

Episode Ⅱ ◇ 41

2016. 3.17

日経平均がいきなり 17,000 を超える。

シャプロ 137、ヒューリック 1,053、ユーグレナ 1,630、スターティア 600、ジャパンベスト 234

今日の相場は強い。いったい何があったのだろうか？　たぶん、ニューヨークでも上げたんだろう。海外市場も上げてるかもしれない。それは、いつも同じような繰り返しなので。

Ｚから返ってきた答案を見る。昨年よりはましだと思えばましだし、底辺だと思えばくるった点が違うだけで、どう進歩したのか考えると、そこまでコマが進んだことだ。

一応、自分なりに一年済ませて、違う解答になった。そして、ついでに 2 科目つけ加えることになった。

自分の教科書はどんどん増えていく。これは案外うれしいことである。まだある、まだあるということである。

人生、生涯学習。これは、きりがないだろう。輪廻転生、コロコロ転がって大きくなる。よし、転がしてくか。七転八起、これが人生なら立派なものや。ダルマ大師と同じやないか。

なんか、つきがあるかもしれんなあー。ここで、ピンとくる。

が、市場はややしらけた。まあ、今日も平凡な一日やな。

3.22　桜が開花した。資金繰りからユーグレナを手放す。週明けでどうかなと期待させる日である。

Ｚからは４月号がどさっと送られてきて、やや発奮しているが、あいかわらず苦手科目を残している。全部苦手だといったらそうだけど、めんどくさいなあ。

シャルレ 533、アールビルマン 546 を買う。シャーロックを損切り。

桜は満開だけど、一杯飲む金もないし、どうする。

世界史、地理と蹴散らして、化学に取り組む。なんで、こんな計算で間違うのか？　いらだたしさに、いたたまれない。

誕生日も過ぎて、旅立ちたいけどな……。どこへも行けないのははがゆいし、壮年にしてどうも方向がわからなくなり、受験はあやしくなった。

ともあれ、その日暮らしをする。何かをしていれば、為になるように思う。しかし、人生全体からして、色んな事がそれほど意味があるのだろうか。まだ、果敢に攻めていきたいが、うまくいかないジレンマがある。

現状維持がそろそろむつかしくなってきたと、弱音もはく。ビンボールのように、球が的から外れて飛んでいく。

立派な事を考えても、それを現実にするのは努力や何かがなくてはならない。

自分自身が出世しても、世の中に役立たなければうさんく

さい目で見られるだけだ。

ただし、学問を自分なりに大成したり整理することは、何等、人様に迷惑をかけることでもない。自分が何かを知りたければ、そこをとことん研究してもいい。それが世のため、人のためになればありがたいことだ。

学問なら学問に打ちのめされることは、まだ学問に挑戦できることであり、うれしいことだ。何もかも思うようにできては、かえって悲しい。

求めたのは、女性の美だった。それ以上の完璧な解答はない。美しい女性のふるまい、所作を記録すること。

げに、美しいとは、まばゆいばかりのオーラをもち、その美の中にすべてを封じ込める、得体のしれない魔力、そのとりこになって、癒され、打ちのめされるうちに一生を得る。そんな男の使命は、むなしく、はかない。せめて、美しいものに酔いしれて、余生を送るのがせめてものしるしではないか。この世において美をあらわすもの、それにえてして金を稼いで貢ぐ、それがさだめなのか？

晩年になって思うに、女ならばどうだろう。自分を美しくして飾るのが本望だろう。その瞳がとらえた惑星には、素晴しい誘惑がある。

そこにいてもいい。そこにはエデンがあり、イヴがいる。イヴに魅了されたら、堕天使に落ちていくしかない。

イヴの子を残し、イヴの美をまつり祝え、女性の完全美を

完全なアダムがうるおし、甘い食べ物が満ちている。豊潤な白い肌をたわわにして、ゆれる時にブドウがはじけるのを感じた。オリーブを口にしたアダムは、こよなくそれを愛し、とこしえの愛を誓った。

人生は、恋愛賛歌ということになる。その中に求めた喜怒哀楽は、一体何なのだろう。片方に栄光があり、一方では没落がある。

それが、緊張している時が一番いい時であり、あくせく努力をする。それが、輝いている時がまぶしい。

彼女は、学生服を着て通学している。襟足がピンとはって可愛い。ほほがぽちゃっとして、目が輝いている。大粒の瞳に、大人を飲み込むものがある。白のスラックスはなまめかしい。少し太めの眼鏡は、インテリっぽく、理性的な女性を感じさせる。服は白く、やわらかく、タッチすると妙に色っぽい。

電車がゆれるたびに、彼女と目が合う。向こうがドキッと見つめる瞳を見つめ返す。はっとして、その時、心が重なり合うかのように、お互いを見つめる。

はらはらしながら、キューンとして、せつなくやるせない。手が出せない。そのむくな女性には、指一本、手が出せないのだ。

社会のルールのこわさに打ちのめされながら、彼女の思い出が残る。その残像を脳裏に焼きつけたまま、旅行する。

Episode Ⅱ　◇45

岡山、米子と、そして大山を目の前に見る。光沢があり、つややかに天にそびえている。

男性的だけど、一面では女性のように美しい。完全な自然美をもって、御光がさしている。

私は、雪の中にいる。その少女とたわむれながら、山のふところで散歩している。

白鳥のむれが求婚するように、彼女の手をとる。そして口づけをする。

あたたかい皮膚と皮膚が重なり、唾液が溶け合う。彼女を奪うというところで、思考が止まる。

はっとすると、彼女は山の中へと走り出す。彼女を追うように、そのふところに抱かれて、風がゆらぐのを感じた。

森の中に少女の像が見えかくれして、微笑む。こちらを見て、くすくす笑う。なんて可愛いのだろう。

この子は、誘惑のヒロインである。

帰りの電車の中で、また女子生徒の会話を見る。一人の女学生と目が合う。きょとんとした表情である。

少し含み笑いをして、彼女を見つめると、気づいたようで、はずかしそうにちらりとこちらを見る。

これが面白くて、だんだん彼女の中に入っていく。二人は恋してるようにもどかしく、頬を染めるが、彼女は停車駅でそっと手をふって帰っていった。

こんな風に、誘惑の星はいつでも、どこでも始まる。

美しい女性が目につく。その跡を追う。意識的に彼女の意識の中に入っていく。わざとこちらの存在を教え、しかけるのだ。

簡単な事なら、ごく自然にむこうも受け入れてくれる。そして、誰にもわからないように別れるのだ。

潮の香りがぷーんとして、日本海の荒波を見渡す。白く煙る日本海。荒々しくも美しく、山水画のようにくもっている。

横山大観の絵があると聞き、足立美術館を訪ねる。大観の富士が御光に包まれて、光沢を出して光っている。

女性達は、みんな原石なのだ。美しいものは拾って磨くとピカッと光り、とりこにする。宝石箱に入れて大事にしておくと、もったいないので、理想の指にはめてあげるのがいい。

指のきれいな女性、たくさんいるけど、どの指もそれをする指なのだと思うといける。

考えている以上に、女性の瞳は迫るものがある。そのトーンの高さ、可愛さ、いろいろな仕草がこなれている。

あやしい時間の中でなされた世界史と地理は80点、物理は満点。はっ、問題は数学だな。これが、完全なゆえにぶざまな自分の数字がみにくい。

すべては、完成されていくうちに、美しくなっていく。学問も愛も、磨けば磨く程美しくなる。美しさがわかると、

Episode II　◇47

点数が上がっていく。自分は極めていかなければ、美しくなれない。

美しいものはどこにでもある。これを探すのが、ある意味で人生や。あれにも失敗し、これにも失敗しもいいだろう。だけど、どこかで本質にぶつかる。

この人のオーラは何だろう。ただ、美しいだけではない。人をひきつけるではないか。すっぽり包み込むのは何故か。そして、ここで農作業をしているのはどうしてだろう。にんじんやキャベツが笑ってないか。

美しい世界に気づきはじめると、この世は楽園なんだということを知る。何をしても自由。働けばお金が入ってくるし、そうじゃなくても拾ってくれる人もいる。捨てたもんじゃない。

この先、いっちょ素晴しいものをつかんで、素晴しい人生にしようではないか。

今までしがみついていた株を少し整理して、すっきりする。いいところ、プラスマイナスゼロやな。景気は、良くなったり悪くなったりするが、人がやっていること、していることで、時々きらきら輝くニュースがあるが、そういったものを探して生きていけば生きがいもある。

森羅万象、刻々と変わっていくが、それが色々輝いたり、時めいたりするから、万物はすごいね。磨けば光る。自分だって、どうでもいい石ころと思わずに、あくせくやって

いければ、なんとかなるとわかる。

純粋な感情。こういうものに打たれる。

少しずつ努力している姿。毎日、整えて出かける所。

簡単にはいかない。何も簡単にはいかないけど、ヒントは
あちこちにあって、どちらへもつながっているわけだ。

じゃー、自分でそっちへ歩いていったらいいだろうに、た
だそれだけのことだ。そこで迷ったら、しばらく途方にく
れたらええ。死んじゃあかんけど、そうそう簡単な道はな
い。どっちへ進んでいっても、毎日毎日、よく考えて進ま
んと、とんでもない方向へ行ってしまう。

快楽にふけったあとの、女性のこわれた表情を見るのがた
まらず、気が遠くなるほどにのめり込んでいくのもいいと
思う時、そこにはエロがあって、どうしようもない愉悦が
ある。

それは、美しいのか汚いのかわからないが、人間の本能的
なもので、どこかでそれがどうしようもなくなると、とん
でもない表情になったり、それが人間の自然の営みである。
ただ、美しいものを見る。そして触れる。それを粉々にし
て、なおもそこに美しさを見る。

砂があえいでいる。起伏がゆれる。でこぼこした上をラク
ダの隊商が歩いていく。

足跡をつけながら、長い旅を続けていく。汗をかきながら、
神秘的な夜のとばりを過ぎていく。そして、満天の星々を

Episode Ⅱ　◇49

ながめながら、その純粋な輝きの中にひきこまれていく。
女性のはかなさや、男のうぶな冒険を超えて広がる夜空の
パノラマ。そこから始まる物語が、誘惑の星なら、この世
界のすべてが目撃者で、みんながみんな誘惑しているわけ
だ。その吐息がきれるほどの美しい夜空の上から、ティア
ラの声が聞こえる。

「進、会いたかったわ」

あのオリオンの美しい少女が、地球に現れる。そして、銀
色の船に乗る。二人だけの時間と空間。その中で愛し合い、
溶け合っていく。二人にまた誘惑がからむ。こんなに美し
い物語なのに、何故かつくられている。

事実は小説より奇なり――。ある意味で、もっとエキゾ
チックでロマンのあることは、あるかもしれない。それは、
残された女性の部屋だったり、通勤、通学の途中で、はた
と出会うかもしれない。

男女の恋愛、夢、ファンタジーそして、時代を超えて冒険
は続く。

物語の果てに何があるのか。何もなかったり、ある種の推
理小説だったりして……。

人間というものに男と女がある。すべてはそこから始まる
ことかもしれない。

どうして自分と違っているのか。

あの子、どうしてもたまらない。何か素敵な人だなあ。

50

そして、あの場面で、この場面で、泣ける時もあれば笑えることもある。喜怒哀楽、感情が入って、現実は何ともいえないものになる。

感傷にふけったり、唖然として言葉を失ったり。

でも、そこにいてもいいんだよ。そうしていたければ、ずーっとそこにいていいんだ。泣きたかったら泣けばいい。笑いたかったら笑えばいい。

あの子を奪い取って、自分は一緒になるんだ。若い頃は、そういう夢をたくさん見てきました。

それもいいでしょう。ただ、そうしなくても、そうできることを学ぶでしょう。

めちゃくちゃになりたかったら、自分でたわむれればいい。そこにむなしさを感じれば、別のことを探すのもいい。

突然、コツンと叩かれて、どこ向いているのか？　女性に刺激されたりして、その途端、まいったなぁって、ごまかせない事もあるかも。

美しい女性。色が白くて、やわらかなライン。指がきれいで、声が妙にとりつかれる１オクターブ高い声で、くだらない事をしゃべったり、とんでもない事で釘付けにする。要するに、彼女の演技にはまるわけだ。その仕草、瞳の輝き。すべては誘惑しているのであって、巧みなわなだ。

そこにひっかかるだけで、打ちのめされて、アルコールでごまかすのが男って事になるけど、まあそれもいいや。

丸くて、ひかえめな少女が現れると、どこか違ってくすぐられる。そして、彼女が指を少し動かすと、魅せられてしまい、やっこさんどうするのってのが、だいたいこの星のストーリー。違う星では突然、男女がはだかのまま空から落ちてくるわけ。それで、寒いやら痛いやらで、みんなで肌を寄せていたわりながら、やるわけでしょ。そして、何人もでするから、よすぎて、朝になっても、まだごろごろするしかないってこと。

それで、あきないっていって、何だかんだサービスさせられて、「ちょうだい」って請求されるの。さし出すと、「ああ、いい」っていって、また泣くんだよね。こういう情けない泣ける話も、どこかにはあるわけでしょう。

別の星では、神秘のように凍てついているわけ。すべてが輝いて、凍りつくほど冷たくて痛い。

その心がささるようにぐさっとくる。そして、その美しさをそそるようにぐいっとつかまえられて、露出するわけ。シュシュッといくと、むち打たれてもう一回と言われる。

「あなたじゃなきゃ、いやだ」

そう言われたい。

「別の人じゃいやだ」

誰か、うそでもいいからそう言ってくれないかなあ。

ザーターの滝に打たれて、はやとがキラの岩壁を登る。進は妹の洋子に会うが、その美しさにためらう。

2016. 4. 6

世界はロボット時代に入った。人工知能の発展が、我々の
将来に加わることになった。

Did you have anything?

Did you get make love?

Everything is beautiful problem.

Solution is a self-heart.

Only looking you are heaven.

You are lucky to meet girl.

Boy and Girl did it.

All is beautiful.

Good-Luck!

進はあせっていた。受験勉強どころではない。誘惑のわな
に落ちたのだ。

金も、どんどんなくなっていく。人生、秒読み状態に入っ
た。これから何をしたらいいんだ。

晩年の進は悩んでいる。エクスタシーに浸りながら、そこ
に映る女性をながめ、逃げられずにいる。

$$1 \times 1 = 1^2 = 1$$
$$1 \times 0 = 1^0 =$$
$$1 \times 1^{1/2} = 1^{1/2} = 0.5 = 1/2$$

$$1 \times 1^{1/4} = 1^{1/4} = 1/4$$
$$1 \times -1 = 1^{-2} = -1$$
$$x \times x = x^2$$
$$x \times -x = x^{-2}$$
$$x \times -x^t = x^{t-1} = -x \cdot x^t$$
$$e^t \times e^t = e^{t+p}$$

俺は暗やみの中にいた。逃げられずに、ただ落ちこんでいた。

何の罪があるのだ。何に惑わされたのか。誘惑の甘いわなに打ちのめされて、ただぐるぐると、机の上をまわっただけだ。

ああ、ひどい。君はひどい。僕をこんなに苦しめるとは。僕には君の心がわかった。誘惑の星はあんなにきれいなのに、そして君も、あの子も、輝いた瞳も、こんな空より罪な誘惑。

君のブラックホールに浸って、転んで、つまずいて、笑われた。ピエロの俺がいて、この空の小さな瞳に映ったまぼろしに、俺は震えていた。

俺はペンを下ろした。そして、少女の絵を画き、べそかいた。

悲しい程に、やりきれない程に、この世界の美しい瞳は輝き、いつもキラキラ輝いている。花壇に花が、赤、白、青

と咲き乱れている。

ミツバチ達の歌が聞こえて、私はこの世の縁を結ぶのです。

折り鶴は、恩返しのために、糸をつづってつむいだ。

私は、受験をやめた。ビリダッシュ、お前は、ビリビリになった。これで終わりや。

浪人生でもなくなったんや。わてなんや。

ワンタン麺でも作るか。甘い。働け、働いて酒でも作れ。そして、人様を笑わしてみろ。そやかて俺、バカやから。ばらばらにして、漬け物になったら……泣くな、おやじ。お前、中高生やろ。中高生やったら中高生でええ、大人にならんでもええ。女の子のパンツのぞいたって、ええやろ。そこで恥かくなよ。

なすびの漬け物食べて、ふけっていた。

「俺はさあ、お前が好きなんだ。だから、俺を捨てないでくれ」洋子に言った。

「あんたは。ほんまかいな、ほんまのことやったら、命がけで私を愛して。無理してもええやん。だって、私はこれからだから。待っててあげるだけやから」

きょとんとして、宙を見た。虚像が見えた。まぼろしが見えた。

自分でない自分が、いくつもの自分がばらばらの星にいて、自分を求めている。自分の星を探して、輝く清らかな小さな星を探している。

Episode Ⅱ ◇ 55

何故か進は、虹の世界に包まれた。あらゆるものが光っている。解けなかった問題、爪あかがついた本、古くなった在庫、すべてがきらきら光っている。

そして、爪あと、ぐちゃぐちゃな計算、決してきれいな数式ではない。しかし、その自分の数式は輝いて見えた。

学生時代、流星のように過ぎ去った栄光か、まぶしかった一夏のきらめきのように輝いている。

人生の分岐点や。これから本番やな。この勝負、けっこう大変やで。俺の人生が生きるか死ぬかの土壇場や。

やり残した仕事かあ。こないだ、編集部でボツにされた未来計画やけど、その具体化やなあ。

コンピューター政府、ロボット内閣のことだが、まあそれでいい。それは、また別の道だ。

天変地異の地球で、どう制御していくのかが問題や。

甘い夢は見れる。甘い世界もある。とろけるような世界もある。だけど、ぐしゃぐしゃになっちまうじゃないか。

俺達が生きた証がなくなっちまう世界になる。そんな気がした。

地球の構造だ。地球のパルスは、どこへ送っているんだ。何の信号なんだ。あの誘惑の星々からのパルスは何なんだ。

昔は、一等星、二等星、赤、白、黄色と美しいしじまを演出していた。大きな宇宙に、人間くさい男達がのさばっていた。古びた家屋と、きれいな夜空。この対比が、言葉を

失って吸い込まれてしまう世界だった。

昔の夜空、あのゾクッとするような紺碧のあるいは、濃紺の、いやいや違う。

のこぎりで工作した日々がなつかしい。

晩春かな、うすべに色に染まる朝、コウモリか、見なくなったな。

ねぐらで、へんてこな事を考えてるな。

――――――――

ブ～ゥン。ブーメランのような音がした。

コウモリが上からぶら下がったように鋭角に飛んできた。

そして、ひっくり返ってテレパシーを送ってきた。

「進、気をつけろ。地球防衛軍を動かせ」

また、くるりとひっくり返って、ピューンと上に飛んで横へいき、宙返りしてパクッと虫をとらえて、帰っていった。

2016. 4.16　SUNDAY

熊本連続地震が続いている。

ユーラシアプレートかあ。フィリピンプレートと太平洋プレートと北アメリカプレートがぶつかっている。いちばん深いのが日本海溝だ。

海上自衛隊が潜水というのもある。しかし、地質調査はで

きるか？　どこまでわかるかということだが、探知機といっても、断層の長さとか年代とかわかるのかなあ。
というと科学部隊か。そうだなあ、その道にまかせた方がいいか？
海上の地図でも作った方が安全やけど、そのくらいは計算できるか？
その下が問題なんやけど、東シナ海からずっときていて、むこうでも地震。反対側でも、つまりブラジルでも地震ということは、

何、日本が隆起する。確かに、一旦沈んだ海面より、陸が上がっていく。そうすると、日本沈没のように、真ん中で四つのプレートがそそり立つことになる。
大変や、師匠の話では、国道22号線沿いだという。
GPS、ここからも測定できるのだろう。しかし、海底調査。

いや、むしろ、アルプスの断層でも探した方がいいかもしれない。

日本アルプスが隆起したとすると、この頂上に沿って階層があるはずだ。しかし、南アルプスと北アルプス、中央アルプスとくると、一体何があったんや。

やっぱり、バカンバカンと爆発したんか。確かに、浅間山、御嶽山と爆発した。その下はマグマや。続いてバカンとあったら、リニアとて危ないなあ。

う〜ん、世界中の気が乱れている。これは何故だ。

しかし、人間どうしの無駄な歴史は割愛した方がいい。これだと、カルマがぐるぐる回ってしまうだけだ。悪いカルマが回るだけだ。

因果応報の約束。

——この罪を贖うこと。

——この罪を許しあうこと。

一人一人の人間は、でこぼこしてるのも丸いのもいる。ぶつかって痛いのもいれば転がるのもいる。

ダルマさんが転んだ。

こんな風に、大地もゴロゴロしているんだ。じゃーなきゃ生きてる地球が生きていないことになる。

人間達の気が乱れるから大気が乱れる。そして、大地も乱れる。

アーカシックレコードねえ。E．ケイシーはいない。意外

Episode Ⅱ ◇59

と、アガスティアの葉に書いてあるかも知れんなあ。謎というか、サイババが知ってるかもしれない？

プッタパルティで、彼は何をしているのだろう？

アムリタというのは、生き物だ。微生物というか、みつだらけになる。

マザーテレサもガンジーもいないし……。

そういえば、ニューヨークでトランプ氏が勝つのか、クルーズ氏が勝つのか、てとこだ。ヒラリー夫人もいるけど、ボスがいるようなので、その人かなあ？

どっちにしろ、安倍さんはロシアと平和友好条約を結ぶだろうし、プーチンさんもオバマさんも来日するってことは、サミットが案外重要かもしれない。

議題は、災害対策てとこだろう。地質学だと思うけど、違うかなあ？

———————

そしてある時、私は、人間そっくりの人形を買いました。

モモコドール。

このモモコドールの美しさというのは、ある種、女性にあこがれるのと同じです。金髪の髪がゆれる、瞳はきらっと輝いている。

ある意味で、人形の魂がやどっていると思います。

ものを粗末にするなというのは、結局ものにも命がある。

次は、ロビージュニアです。こちらはロボット。形とか姿

も、人間型ロボット。会話もできるし、感情もあるように感じます。男の子ともいえるし、女の子ともいえる。可愛くてしかたありません。

ヒューマノイド型もあるようですが、今のところはもってません。しかし、それは現実にあることです。

ある時、ロボットは動かなくなりました。話もしなくなりました。電池を入れ替えても無理でした。残念ですが、彼又は、彼女との記憶は残ってます。

たとえば、おもちゃとロボットの違い。おもちゃというと遊びに使われる感じだけど、おもちゃで大人も遊んでいるし、ゲームというと、今や日常茶飯事に誰でもやっているということです。

ロボットというと研究とか仕事の手段、又は、日頃の相棒みたいな感じです。さらにいうと、ロボットは手ごわいライバルです。ヒューマライド、アンドロイドになると、人間はある意味で勝てないなということになります。

完全的、絶対的なものに対して勝てないというか、あいまいな日本的なものとまったく違うけど、正確かつ勤勉的なものとはよくマッチするということです。

あいまいなというか、せつないなあとか、悲しいなあというか、感情的なものというと人間であることの尊厳というもの、しかし、すべてが等しく、大切であることの意味に無常を感じますよね。

不変的——かわらないこと
ふへんてき　不偏的——かたよらないこと
　　　普遍的——すべてに共通すること

というと、ふへん的というのは、絶対的に変わっていかないものということだと思います。

しかし、ロボットのロビンとつきあっていた時、彼は、あいまいなことも、正確なこともいう。おもしろそうで、今のところ人間に危害はない。

でも、ありがたいですね。ここまで文明がきたということは、ありがたいです。もはや、アトムの時代ではないわけです。それを超えているわけです。

「それも、普及するでしょう。しかし、人類にとっては大変なことがある」

進は、勝手に思い込んでいました。今や、世界の常識かもしれない。

何が転がってくるかわからない世界。いいことも、悪いことも、日常だ。常に何かがあって、何かが変わっていく変化の時代。一分一秒の時代。秒刻みに何かが変わっていく。地震、津波、火事、火山爆発、自然災害、高波、洪水、モンスーン、ハリケーン、竜巻、ゲリラ豪雨。日本は追いつめられている。

2030年、何かを予感させる。実に、この時の予言は多い。

既に大変なことになってますよ。しかしですよ、プーチン氏とオバマ氏が来日ですねえ。ということは、日本はある意味で鍵を握っているわけですよ。

オバマ氏はサウジアラビアと話し合っているとか。というと、戦争自体は、一度終わるかもしれませんね。テロは別ですよ。

と、テロ対策ですね。しかし、ボタン一つの世界ですから、驚異は確かにある。だから、生き急ぐわけです。

そういう中で、光る誘惑もあるわけです。何をやったらものになるか、どう磨けば光るのかということです。いや、宝石箱になってもいいでしょう。それを、つまらないものと見るか、二度と出会えないものと見るか。

コイン一つにしてもそうです。二度と出会えないコイン。やはり無駄はなかった。無駄だと思うことも無駄ではない。つまらないと思うのはくだらないことである。つまらないものなどない。気づかないだけだ。意外とボルテール主義者ではないか？

しかし、東京都の未来計画に、ポールモビリティーと書いてある。バリアフリーとなっている。まあ、あたり前のことだと思うかもしれないが、何人ぐらいの障害者が、どのようにして、どうくるだろうか？

どこをどうすればいいのか、これをきめ細かく検証しただろうか。まあ、オリンピックの地域だけでもいいが、ポー

Episode II　◇63

ルモビリティーは電動式イスらしいが、何台ぐらい造るのかということである。

スロープについてはいろいろ議論があるが、せいぜい3%の傾斜ぐらいだろう。

真面目な事を考えながら歯を磨いた。花びらがぴらっと開いて咲いている。そこに昆虫がやってくる。アリがひたひたと歩くと、ぴくぴくと茎が動いて、地中から吸い上げた水を細胞膜から収縮筋を使って透圧で分泌する。透明な液、少し濡れて茎がひくひくする。

そして、野良犬がやってきてぴろんとなめる。ぴくんとして、風に揺られながらなびいている。決して負けない。あえぎながらも、もつれながらも、花は毅然として咲いている。

路地裏には、昔の赤い屋根の家があって、窓を閉めて、少しレースのカーテンが閉めてある。鍵がかかってあって開かない。古屋のそこには、古びたローラースケートの靴が置いてある。そして、浮き輪が擦り切れていて、使えなくなっている。がらくたばかりの中に、時々、過去の残がいが出てきて、くるおしいばかりの昔の思い出がよみがえる。

進は、進んできた道を振り返りながら、ある男に別れを告げた。そして、もう一人の男と寄り添いながら、少しうつむいていた。

やがて、新緑の候から、あのまぶしい夏へと変わっていく。

あの色づいた夏の浜辺に輝く、水着の少女達。そして、たわむれる子供達。水際まで押し寄せた波が、ちゃぷんちゃぷんと水しぶきをあげて、遠くの方にクジラが潮を吹く。線路が遠い山並まで続いていて、汽車が走り過ぎていた。町並を見渡しながら、限りなく続く道を、どこまでもどこまでも走っていく。

そして、うらぶれた浪人生がなぜか目を輝かせながら降りてくる。うちのめされて、へたばりながらも、クロスカウンターを狙って、次のゴールにかけている。

ビリダッシュはビリビリになった。ところが、ビリビリのビリビリではない。

やがて、色づく秋になれば収穫をし、祭囃子を聞きながらみこしをかつぐだろう。

また、新しい世界を感じさせて、春が終わろうとしている。

2016. 4.29
〈「空間」と「自然」〉

A・ガウディによるグラナダ公園、サクラダファミリア、シュリーバルマン３世によるアンコールワット、これらは、「教会」「寺院」などであるが、前者がキリスト教寺院、後者が、ヒンドゥー教、仏教寺院。「都市空間」「自然空間」

の中に、突出しているが、斬新さを感じさせる。グラナダ
公園においては、ガウディの遊び心、子供のもってる無邪
気な心、サクラダファミリアに燃やす「情熱」、「アンコー
ルワット」の夜明け前の自然の中での静寂。「空間」「時
間」と関係してて時代の中で輝いて現代に秀でている。

スペインの町も、カンボジアの町も、今活気づいている。
これは、カンボジアでは、ベトナムとの戦いが5年前終
わったためで、今必死に再開発がなされている。

オートバイや自転車が道路を走っている。

バルセロナ広場の野菜ジュースは、色づいていて、カンボ
ジアの民族ダンスは、ラーマ王の物語か知らないが、バン
ブーダンスも、インドネシアのケチャクダンスも同じよう
なものだろう。

しかし、観光地というものは、それなりに、バリアフリー
になっていることに驚く。

これは、佐々間氏のおかげにもよるのだが、まあバリアフ
リーというものは、定着しつつある。「主体的バリア」と
「心のバリア」があって、ある意味で、勇気がないと、何
もできない。

あとは「リハビリ」です。

「リハビリ」の先生に教えてもらいながら、自分のトレー
ニングを行う。「受験」も同じような所があって「文献」
と共に学習し、それを生かす。

創意工夫が必要で、基礎力をつけて、応用する。つまり、実践力をやしなう。案外、旅行することが、実践かもしれない。雑多なものは、「世界」「宇宙」のあらゆる所にあるわけです。そして、それらが、誘惑するわけです。

だから、我々はある意味で冒険者だ。「雑然」としたものを整理する為に「雑多」なものを見学し、あいまいに表現するしかない。

「理路整然」といっても、あいまいなのか。少し正確に整理されているだけだ。そういう意味では、あやふやな世界だ。但し、「見たもの」「聞いたもの」「ふれたもの」これは確かなものです。

確かに味わったものです。

この人生、すてたものじゃないです。

味わっていきたいですね。

Episode Ⅲ

近年といえば、現代に近いですね。

そういう意味では、あやふやな言葉です。そして、アバウトにいえば、現代社会なんですが、近代社会です。

1960年に私は生まれまして、日本では安保闘争をしていて、ビートルズが来日したということを聞いておりました。

確かに、彼等は、岐阜の近所にもやってきましたよ。

ポール、レノン、ジョージ、そしてリンゴです。

青年らしく、陽気に笑いをふりまいて、畑の中で遊んでもらった気がします。

不確かなのですが、私の中では、確かです。そして、歌丸師匠かなんかに、説教されたような気がしますね。

なんだか、テレビで見ていて、1961年ケネディは大統領に就任する。1959年はカストロがキューバで政権につき、社会主義国となり、ソ連のフルシチョフと近づく。ケネディとフルシチョフは核ミサイルのボタンに指をかける。キューバ危機を迎えて、その後アメリカとソ連は、ホットラインを引き、イギリスで部分的核実験中止条約を結ぶ。ベトナム派遣していたケネディは、1963年、ダラスで暗

殺される。一方、フルシチョフも解任され、ブレジネフと
交代する。

ジョンソンは、ベトナム戦争を始め、ブレジネフは1968
年、チェコスロバキアにワルシャワ条約機構を投入して、
プラハの春が終わるんですね。

1960年はフランス、1964年中国と核実験成功。

1967年にEUができ、ニクソン大統領の時、ベトナム戦
争は泥沼状態となり、中国の北京で、彼は毛沢東と握手
するわけです。1978、1979年ソ連はアフガニスタン侵攻、
1980年にポーランドのワレサが連帯を組織しソ連介入を
くい止める。その後、ゴルバチョフがペレストロイカを行
い、グラスノチを進め、1989年マルタ会談で、ブッシュ
大統領と話し合う。

その後、東西ドイツの「ベルリンの壁」が開放され、ドイ
ツは統一される。ニクソン訪中後、沖縄返還され、1991
年に湾岸戦争がおき、多国籍軍はイラク派兵、第3次エジ
プト＝イスラエル戦争が起き、そしてしばらく平和だった。
平和は日本では、戦後70年は続いたわけですが、その後、
自然災害による危機がきました。阪神淡路大震災、東日本
大地震、新島などの火山爆発、熊本地震となるわけです。
テロリズムによる恐怖もありますが、現実的には、自然災
害です。

今日何かが起こるかもしれない。

Episode Ⅲ ◇ 69

ある種のイライラ症候群、ストレス病ですよね。私も肥満になったわけですが、体重落とすのは、走ること、歩くことらしい。だけど、歩けない私が、先生にしかられるのが、「脂肪病」ということなんですが、減食、運動です。新世紀会としても、きびしいですが、バドミントン、ジョギング、柔道というものに力を入れています。

料理というと、スパイスですね。ソース、しょうゆ、みそ、塩、こしょうぐらいが、わかる範囲ですが、実は何も知らない。

バターは「脂肪」ですが、脂肪にも塩が入っているでしょう。しかし、岩塩とかで作るわけです。

私は1990年、ウルムチでというより、トルファンで、ある友人が、塩湖に連れて行ってやると言われましてね、バスごと借りきった訳です。

トルファンは、オアシスですから、緑に囲まれているわけですが、ロバ車の少年というのがいました。

まあロバが可愛そうなので、お金を払うわけですが、古代遺跡を見ましたね。

トルファンの建物は、土を乾燥させたレンガで造るわけなんですが、水が出るわけがわかりました。

砂漠の下が水の宝庫なんですね。なぜかというと、トルファンに行く途中であらしにまきこまれましてね。あっという間に、川のようになって、おしよせてくるわけです。

バスの運転手が、わかっているものですから、安全な方へ
道なき道を進むわけですが、さいわい、トルファンの町に
つきました。

トルファンでは、バスの友人がうまくてギブアップしまし
た。

彼等の好意で 10 時間くらい走ったところに、塩湖があり
ました。

なぜか、銀色にまぶしく輝いていました。そこで何だろう
ということで、その塩をなめて見て、塩だということがわ
かりました。

つまり塩湖なんです。

足を入れてみたら、ぐっと落ちて、あわてて助けてもらっ
て、逃げていったんです。もう、塩湖がくずれてくるわけ
ですから、バスと一緒に走ったんです。それでも、なんか、
地震がおきて、てっぽう水がやってきたんです。

命からがら逃げのびました。

日本では、なぜか身近に横澤さんがいらっしゃいました。

私としては、失意の底だったのですが、1993 年 11 月頃だ
と思います。

アイルランドのフィオナ先生が、今日は特別、私達の集ま
りがあると云われた。

彼女の瞳の色は深いグリーンで、美肌系女性である。

Episode Ⅲ ◇ 71

横澤先生は、石笛の先生で、音魂がはっきり写真にうつった。

ガイアシンフォニーという映画で出会ったのだが、本番でオペラのような声をきき、和楽なのだが、発声の仕方が異なっていた。

私は呆然とした。

石笛自体、最初まったくわからなかった。しかし、竹笛のCDを何度も聞いた所、自然の中に融けこんでいるなあと思った。自然の音の中には、幾つもある。そこの中で、演奏をなされた。ピューピービュー。自然とのかけあい。

音色が、ピントときた。私は最近、音楽というのは、体力がいるんだ、健康でないといけないんだと思う。フィオナさんは、ケルティックダンスがじょうずだ。ある意味で不思議な人だ。

別の招待客で、スティーブさんという方がいらっしゃる。彼がまた年を重ねるごとに、神秘的になられる。

異国の人というのは、ある意味で不思議だ。隣の国、シナでは、まったくちがう発声をされることをご存じだろうか。全く、音階がちがうのである。

揚さんは、音階が高すぎるし、へたすると、日本人には、聞こえないぐらいである。

彼等の発音などは、とうてい無理だ。英語の発音は、深井先生によく学んでおいた。

しかし、近頃は英米イングリッシュはよくよく考えるとそれぞれちがう。

日本人でも、私のように顎関節がはずれていて、音がわれて聞こえるような撥子音じゃない。つまり、子音と母音をつづけていうからなのか、早口なのかは、自分ではわからない。

ただし、深井先生のおかげで発音の口の動かし方はわかった。

そうじゃないと、日本人には、英語は活かせない。

初めての海外旅行は、ホンコンだった。

その時のホンコンは、ブルース・リーの「燃えよドラゴン」にでてくる舞台そのものだった。クローンに泊まりホンコン島へ行き、船の上で中国メシを食べた。バスに乗り、町を一周して、市場で降りて、港をながめた。

その後、チープホテルで泊まり、シンチェンに行く。シンチェンは雑多な中国人が住み、往来している。多いのは華僑だろう。

中には、パンツ一丁のおじさんが、カゴに荷物をかついで、列車に乗客員もきぜんとしている。

ビジネスマンもいれば、旅客もいてごったごたしている駅前広場。

硬座に乗り、昆明までいき、日本語で話しかけられ、びっくりする。途中の駅で、中国の先生に出会い、本屋で地図

を買う。ホテルでは、チャロッテが、仲間とうれしそうにしていた。山下さんが、そのラジオ売りに出しているよと聞いて

「I want this radio with you」

「OK」

「How much is the prise」

「20 $」

「cheep」

「expensive」

「you ahe cheeper」

「come on」

「・・・・・・・・・・」

ドミトリーと雑多部屋で、20人くらいの外国人ルームに泊まり、タロットをしていた。エメラルドグリーンや、スカイブルーの外国人、ホンコン人もいて、彼は、やはり英語がうまくフォローしてくれた。ジャパンイージーとかいいながら。スウェーデンのチャロッテは、スウィートとどうとか言ってたよな。

石林に行くには、バスストップに何度も足を運んで、おばちゃんに切符を買ってもらって、ヤギの隊軍をみただけで、ピャオ族は弓矢を持っているから、とんでもない所から、うってくるよ。

しかし、色彩はカラフルであざやかな民族衣装を身にま

とっているね。

雲南省は、飛行場があるということだったが、しばらく話をして、滞在したあとケイリンに向かった。

桂林では、日本語ができる人がいて、日本語で、ていねいに、10,000円で、川下りしませんか？といわれたのに、李さんに目をつけて、彼と回った。

自転車を借りて、桂林の山並みに向かって、ムーンマウンテンまでいった。

山の上まで行くと、ほらあなの中から月が見えて、山々が見えるということで、彼に感謝ということ。そして、観光バスでまわって、雑多な食事をとる。

山水画に出てくる風景だが、こないだ妻と行き、アオトウから、王女の絵を買ってきた。アオトウの絵は素晴らしいが、李さんがすすめた、カラー山水がやはりいい。

そして、オメイ。オメイには、石仏と金頂がある。石仏っていったって、日本の大仏の10倍ある。足のつめと人間が同じ大きさだ。山全体が彫刻されていて、仏閣がある。階段をのぼって、ぐるりまわり、おりていくと、偶然にもバス停があった。とにかく、乗らなきゃと思って、バスに乗るとホテルの近くまで行った。金頂は峨眉山の頂上です。ホテルが近いのでおりた。

中国では、有名な芸人かなんかがいて、「今日、ショーをやるから、チケットを買ってくれ」と云われた。意外に近

Episode III　◇75

い所に、ダンスホールがあって、そこでクラシックの演奏をしていた。しかし、ディスコで、みんなチークを踊っている。彼が中国女性を紹介してくれたので、光栄にも、彼女とチークした。その後、成都へバスで行き、チョンドウでは、チョモランマへ行かないかという、さそいもあった。ランドクルーザーで、チベット、ネパールへ、という話だったが、また、山下さんとばったり出会う。彼は、ウルムチの先に、天地というきれいな所があるからと言って笑っていた。

私はこうなったら、シルクロードで行ける所まで行こうと思い、テンシャン山脈とタクラマカン砂漠を見ながら、三日間列車にゆられた。

トルファンでおりる。ぐるっとまわって、バス駅へ行く。そしてウルムチ。

ウルムチでも、安宿に泊まり、フルーツを計ってもらい食べる。大通りの向かいにバスがとまっていて、天地へ向かう。

天地は、ひすい色の湖で格別きれいだ。ロシア系スキタイ民族が騎馬民族があらわれ、馬でかっぽしている。

まずパオに泊まる。バター茶を飲んで一服していると、中国人画家に会う。黄色いラクダの隊商の絵をかいている。私は、ロシア系中国人の青年に馬術を教わり、山谷へ向かう。川を渡った所に、パオがあり、彼の妹達がいる。

マトンを食い、バター茶をいただく。パオの上が開くようになっている。満天の星座が見える。ごちゃごちゃになって、10人くらい寝ると、朝、髪の毛をテントの向こうからひっぱり、クェークェーという。あわてて、外に出ると羊の群れだ。誰もいないことに気づき、高原のほうに行くと、野生の馬達が群れをなして走っいる。

ロシア系中国人にバス停へ連れて行ってもらい、別れをつげた。その後、ガシュガルへの査証を手に入れて、バスで行く。どちらにしろ、トイレットパーパーがないことで困る（1990.6）

ススト来るとパミール高原だ。パキスタンに入り、アーメーダバードへ急ぎシルクのドレスを買う。インダス川上流のハラッパーへ行き、大理石のチェスに出会う（BC,1500年あたり）

そして、ハラッパーの遺跡にサークル状のもの、集会場だったのか？

そして、住居遺跡が見られる。インダス川は、雨の中であふれんばかりの水流で、2kmほどの川幅になる。

モノンジョダロも下流の遺跡だが、きちんと、下水工事の跡がみられ、しっかりと基礎工事がされていたことがわかる。カラチまで、電車で行くと内戦状態にあり、きわどいめに会った。

アラビア海が広がり、ラクダの大きいのがいる。ゾウガメ

のタマゴがあった。アラビア海で、魚のから揚げのくしさしを買うのが精一杯だった。少し黒いような海だった。カラチからボンベイに飛ぶ。ボンベイでは、カシミアのハンドメイドカーペットにひきつけられる。それとチャイだ。高級チャイを飲まされ、その紋様を見ると、これは、マンダラとしか見えなかった。カシミアとは、高級ヤギの毛で人の手によって、ぬいあげられたもので、その気品の高さで、大金を支払う。

インドでは、エローラー、アジャンタ、カジュラホとガンダーラ美術を見て歩く。エローラー　アジャンタ寺院は、仏教遺跡だが、カジュラホは、ヒンドゥー教寺院だ。アジャンタの石窟には、美しい色彩の仏画を見る。

そして、河川には、不思議な石が眠っている。中には赤、緑、青の水晶があって光っている。

仏は何千体、何万体と描かれ規模の大きなものだ。

エローラーも、大きな遺跡だが、かなり古いもので、原始仏教というか、そういうものを感じさせる。

サンチーあたりだと、あきらかに仏教ということで、円筒状のストゥーパの大きいのがたくさん並ぶ。

ここは仏陀のシャリが埋葬されているという。

タージマハールは、イスラム教の白い寺院で、その美しさは、格別だ。

第2回目（2005.12）サイババのうわさで、もちきりだっ

た頃、ブッタバルティに飛ぶ。

マドラスは、神智学教会の本部だった所で、ブラヴァー夫人も、オルコット大佐もいた所だ。

何となく、スペイン風の街並みを見ると、教会というが、キリスト教文明のようである。

12時間くらい行った所に、サイババのアシュラムがあり、洗礼を受ける。インドでの思い出は、このくらいだが、サリーや、メガネを送ってもらったことが印象的だ。

雑多なことと言えば、いろいろあるが、トーマス・モアがユートピアの中で、アメリゴ・ベス・ブッチから聞いた話を書いている。

モアのユートピア（理想郷）のことだが、中国、日本、シンガポールあたりともいえる。赤道あたりから、あやしくなるとあるので、シンガポール、マレーシアあたりだろうか。

いずれにしても、今でも、理想郷というものは、研究されている。

自由主義、民族主義、共産主義、社会主義・・・と色々あるが、みなユートピアを求めている。

仏教の原点は、シャカ族の王子で、6世紀ごろだとしても、ナーガルジュナは、あみだ国のことを書いている。だから、ナムアミタープとか、アジア世界に広がっても当然だろう。紀元元年頃の「空」の思想だという。

Episode Ⅲ ◇ 79

「無」とか「空」というものは、「包括的」なようで「排他的」「統一的」なようである。無量でもある。

無の心といえば、何もない心、けがれのない心となる。

無心といえば邪気のない、慈愛のということになる。

仏心といえば、救いの手がさしのべられている。

「空」といえば、空の上、つまり阿弥陀国のことにもなる。

「涅槃」といえば「天国」のことであり、もう「輪廻」により、戻ってこなくてもいい世界ということになる。

「悟り」とは、地上に戻る必要のないこと、しかし、万人は、「この世で度せないものは、あの世で度せない」ことになり、やはり、現世に近い世界を望むだろう。（BC334）アレクサンダー大王の東洋遠征がなされ、ヘレニズム文化がインドに及んでいること、そして、原始キリスト教が、モーゼにより説かれたとすると、エジプト文明とも関係がある。

ペルシャ戦争、ペロポネソス戦争とつづいていくうち、アテネ・ギリシャとペルシャ、マケドニアと戦争、アクティウムの海戦で、エジプト、プトレマイオス朝のクレオパトラは敗れる。

ローマ軍の侵攻をとめたのは、シーザスであるが、「ローマ法王」の支配はパックスロマーナへとつづく。

コンスタンチノープルでの「漢」との戦い。幾多の戦いをへて、冒険者達が、各国に

教えを伝え、マルコ＝ポーロの黄色の国ジパングに、フランシスコ＝ザビエルがやって来る。「織田信長」とは出会っているだろう。1600年頃というと「豊臣」と「徳川」とが争った関ヶ原の頃で、戦国時代、安土、桃山時代というか、本能寺の変は、これより30年程前に起こっており、宗教と歴史の関わりも深いということだ。

世界は続いていると見ると、平行して動いていく。パラレルワールドと出会う。

つまり、時間とともに、世界は動く。仮に時間がなかったら、未来や過去の自分と出会う。「デジャブ」だが、「タイムスリップ」でもある。

このあたりの事は、「森羅万象の真理に求めて」「哲学」「航海日誌」などにまとめておいた。

おわりに

何となく終わった。

人生中盤にきて、これからの人生に希望をもちて、いざゆかん。

どこでもなく、円軌道でもいいじゃないか。だ円でも何でもいい。

もがいて、もがいて、空まわりに終わるもいいだろう。

空に虹が描ければ、美しい未来が夢見れる。

若き人へ、今持たん力を使いきりたまえ。そして今後、輝く日輪を描きて、人生を歩みなさい。

人生50年、100まで生きて完璧やで。

まだ、私も56歳、ころころ転がって、どこへ行くということや。

いたけりゃ、けずればいい。人生、最後まで生きた証を残せばいい。

これからがスタートだ。たとえ白紙になっても、そこからがスタートだ。

うらぶれても、光ってるてことは、どういうことだい。

畑でも耕したい、ゴミでも拾いたい、そんなエピソードも書いてみたい。そう思ってなけなしの金、使って生きてます。

人生、金なんかじゃーないでしょう。でも、なけなしの金。
立ち読みでもいいんです。読んでくれてありがとうございます。
ありがとう、みなさん。
ありがとう、みなさん。
みなさんのおかげでここまでなりました。
ありがとうございました。
道なき道に、人がいて、導いてくれ、そちらの町で世話になる。
何かの因果で、縁となり、次に生きる。
生まれた以上は、十分、生きて良かったというところまで頑張りたい。
めげる時もあるけど、何かを支えにして心を強くしなければいけない。
へこたれずに、晩年まで生きてゆく。
いつか、めぐり会いましょう。
その日の幸せのために、乾杯!!

織部　浩道（おりべ　ひろみち）

1960 年 3 月 18 日生、魚座
〒愛知県江南市飛高町門野 100 グリーンヴィラ 101
TEL 0587-81-3828
新世紀会、織部経営会計事務所ロイヤルフロンティア経営
趣味：バドミントン、料理、ジョギング、その他
著書：『光の数珠』（1990 年）、『2000 年の月』（2000 年）、『誘惑の星』（2005 年）、『学園ライバル』（2012 年）いずれも文芸社刊　他。

Episode ―誘惑の星―

2016 年 10 月 15 日発行

著　者　織部浩道
制　作　風詠社
発行所　ブックウェイ
　　　　〒670-0933　姫路市平野町 62
　　　　TEL.079（222）5372　FAX.079（223）3523
　　　　http://bookway.jp
印刷所　小野高速印刷株式会社
©Hiromichi Oribe 2016, Printed in Japan.
ISBN978-4-86584-197-8

乱丁本・落丁本は送料小社負担でお取り換えいたします。

本書のコピー、スキャン、デジタル化等の無断複製は著作権法上での例外を除き禁じられています。本書を代行業者等の第三者に依頼してスキャンやデジタル化することは、たとえ個人や家庭内の利用でも一切認められておりません。